NOV 24 2003

SANTA ANA

RY

D0842142

NOV 24 2003

Para Edward, Suzie, Rennie,
Victoria, Jay y Treacle – G.A.

Para Hugo, con todo mi amor – V.C.

Publicado por primera vez por Orchard Books, Londres, 2002
Título original: *The Magic Donkey Ride*
Textos © Purple Enterprises Ltd 2002
Ilustraciones © Vanessa Cabban 2002
Traducción y adaptación: Estrella Borrego
© 2002 para la lengua española: Ediciones Beascoa, S.A.
Av. Diagonal, 429. 08036 Barcelona
ISBN: 84 488 1509 2
Impreso en Singapur
Todos los derechos reservados

Turrón, el burrito con alas

Escrito por
Giles Andreae

Ilustrado por
Vanessa Cabban

BEASCOA

Turrón es un burrito con el pelo del color de las almendras tostadas, que vive en un prado a las afueras de la ciudad.

Perico, su mejor amigo,
es ligero como un pájaro.
Le encanta montar a la grupa
de Turrón y galopar sin parar,
como si fuera a volar.

Pero Turrón, como todos
los burritos, tiene sus manías:
no quiere que le quiten la silla,
ni de noche, ni de día.

Pedro, el padre de Perico,
arruga las cejas y dice enfadado:
—Turrón, eres un burro cabezón.
Si te quito la silla te sentirás
menos cansado.

—¡No, a mí me gusta llevarla!
—y se pone patas arriba
rebuznando tan fuerte que
a Perico le dan ganas de reír.

Un día, Turrón llama la atención de Perico
dándole golpecitos en el codo con su hocico:
—Ven a verme a medianoche —le dice misterioso
el burrito—, cuando el granjero esté dormido.

A las doce en punto, Perico
baja las escaleras de puntillas
y sale de casa sin hacer ruido.
"¿Qué querría enseñarle su amigo?"

Es la hora de los sueños,
cuando cantan los mochuelos y
el cielo se cubre de estrellas. Perico cruza
el río y corre hasta donde le espera Turrón.

El burrito da un brinco al verle.
Sus ojos brillan tanto como la luna.
—Quiero compartir contigo un secreto,
¿estás preparado?
Quítame la silla, ahora sí,
pero hazlo con mucho cuidado...

—¡Alas! ¡Tienes alas!
¡Alas de verdad! —Perico abre dos ojos
como platos y grita: —¡PUEDES VOLAR!
—Sube a mi grupa y lo comprobarás
—le responde Turrón.

El burrito despliega su alas,
blanquísimas como las estrellas.
Perico se agarra fuerte a su amigo:
—¡Arriba, Turrón! ¡Galopa veloz!
Vuela hasta alcanzar la luna.

Al burrito y al niño les
persiguen las estrellas.
El viento les hace
cosquillas en
las orejas.

Perico ve el mundo
con ojos de
pájaro...

Los bosques,
　　los árboles,
　　　　las flores en
　　　　　los prados.

Ve la granja
　　y ve la ciudad,
　　　　dormidas bajo
　　　　　la luz de plata.

Perico abre los brazos, quiere
tocar las estrellas:
—¡Volemos hasta que se haga
de día! ¡Galopa veloz, Turrón!
Ésta es una noche mágica.

Pero incluso el burrito tiene que descansar. Turrón aterriza sobre la hierba y dobla las alas como un pájaro que vuelve al nido.

—Ahora ya sabes por qué no quiero que me quiten la silla.

—Guárdame el secreto.
No se lo digas a nadie.
¡Y volaremos juntos siempre
que haya luna llena!

Perico le vuelve a poner la silla,
y le acaricia el hocico.
—¡Hasta mañana, Turrón!

Y enseguida se queda dormido
y sueña, se le ve en su cara,

que cabalga a lomos de un
burrito con alas.